Si tu ne parviens pas à déchiffrer les messages codés, pas de panique ! Tu pourras toujours trouver la solution à la fin du livre.

FLEURUS

Direction : Guillaume Arnaud
Direction éditoriale : Sarah Malherbe
Édition : Estelle Mialon, assistée de Barbara Mateos et Morgane Vors
Conception graphique, intérieur et couverture : Studio Primo&Primo
Mise en pages et déclinaison de la couverture : Virginie Langlais
Correction : Catherine Rigal
Direction de fabrication : Thierry Dubus
Fabrication : Axelle Hosten

www.fleuruseditions.com
ISBN : 978-2-2151-6727-3
MDS : 592893

CATHERINE KALENGULA
& DORIANE SOUKIASSIAN

MÈNE TON ENQUÊTE

Dans les coulisses de la mode

FLEURUS

CHAPITRE 1

Premiers pas dans la mode...

Si on avait dit un jour à Violette qu'elle gagnerait un concours destiné aux stylistes en herbe, elle ne l'aurait jamais cru. Mais sa meilleure amie Zoé l'a poussée à s'inscrire. Résultat : la jeune fille a remporté le premier prix ! Et quel prix... Toute une semaine aux côtés de Judith Bisson, la créatrice attentive à l'écologie que les spécialistes qualifient d'« étoile montante de la mode » !

Dans la voiture de Gilles, le père de Zoé, Violette est surexcitée.

– Tu te rends compte ? demande-t-elle à son amie.

On va assister aux préparatifs du défilé de Judith ! C'est complètement dingue !

Assise à l'avant, Zoé sourit. Elle caresse Finette, l'hermine de Violette, lovée sur ses genoux.

– Je sais, réplique-t-elle. Ça fait au moins cent fois que tu me le dis !

Sa passion à elle, c'est le judo. Mais Violette avait le droit d'inviter une personne, et Zoé suivrait son amie jusqu'au bout du monde ! Ça va aussi être pour elle l'occasion de découvrir un monde qu'elle ne connaît pas.

Le véhicule ne tarde pas à atteindre l'atelier de Judith, situé en plein cœur de Paris.

– Bonne journée, les filles, lance Gilles, tandis qu'elles descendent de voiture. Amusez-vous bien !

– Compte sur nous ! répond Zoé, en posant délicatement Finette sur l'épaule de Violette.

Gilles repart aussi sec, direction la brocante qu'il tient dans les célèbres Puces. L'atelier est tel que Violette l'avait rêvé : dans le style verrière, avec un charme à l'ancienne, au fond d'une cour pavée.

– C'est beau ! s'extasie-t-elle. Mais on dirait qu'il n'y a personne…

Zoé, elle, repère quelque chose sur la porte vitrée. Elle s'approche pour mieux voir.

– Regarde ! Quelqu'un a écrit un message de l'intérieur… Du coup, on le voit à l'envers !

Violette fouille dans son sac qui contient un nécessaire à couture, un carnet de croquis et un ancien poudrier offert par Zoé, dont elle se sert pour ranger ses épingles.

Elle applique le miroir du poudrier à côté du message, qui se reflète ainsi à l'endroit.

POUR VIOLETTE ET ZOÉ.
J'ARRIVE TOUT DE SUITE !

– Flûte, il faut attendre, marmonne Zoé, qui déteste ça.

La jeune fille commence à faire les cent pas dans la cour, puis à se battre contre un adversaire invisible. Tout ça sous le regard impassible de Violette et

Finette, qui ont l'habitude de la voir s'entraîner à longueur de journée.

Judith apparaît quelques minutes plus tard, les bras chargés de matériel. Elle s'exclame :

– Bonjour ! Désolée pour le retard. Avec le défilé qui approche, je suis débordée… Tu dois être Violette ? J'ai vu ta photo sur le site Internet du concours… Toi, tu es Zoé, et voici l'adorable Finette, que je suis très heureuse d'accueillir également !

– Bon-bonjour, madame Bisson, balbutie Violette, intimidée.

– Oh, je t'en prie ! Appelle-moi Judith.

Un peu nerveuse, Judith laisse son chargement lui échapper au moment où elle ouvre la porte. Violette et Zoé se précipitent pour l'aider.

– Merci, vous êtes adorables.

À l'intérieur, Violette reste bouche bée. Ainsi, c'est à ça que ressemble un atelier de styliste ? Il y a un grand établi, des tissus de toutes sortes, des mannequins de couture, des croquis épinglés aux murs, des machines à coudre…

Peu de temps après, d'autres personnes font leur arrivée. Judith se charge des présentations.

– Voici Monica, la responsable de l'atelier, qu'on appelle aussi « première main ». Ses assistants, Cathy, Élise et Romain, sont surnommés les « petites mains ». Là-bas, c'est mon attachée de presse, Isabelle, et ici Tom, le photographe attitré de ma première collection.

Avec toutes ces nouvelles têtes, Zoé est un peu perdue. Elle glisse à l'oreille de son amie :

– Euh, c'est qui déjà, Isabelle ?

Monica, qui l'a entendue, lui sourit.

– C'est celle qui est toujours pendue à son téléphone, indique-t-elle. Pas très écologique, mais bon... Il paraît qu'elle ne pourrait pas s'en passer ! Ce n'est pas si difficile, pourtant. Tenez, moi, je n'ai ni portable ni télé, et je vis très bien dans ma cambrousse.

– Monica a raison, approuve Judith. J'encourage toujours mes collaborateurs à laisser leur téléphone chez eux et à l'utiliser le moins possible. Les portables contribuent au réchauffement climatique, vous savez ?

La styliste guide ensuite les filles vers une autre pièce occupée par des portants, des paravents et des meubles de toilette. C'est la salle des essayages. Curieuse, Finette bondit sur une coiffeuse pour s'admirer dans le miroir. L'hermine paraît captivée par son reflet.

– Mais oui, c'est bien toi, lui assure Violette en souriant.

Sur la table, elle aperçoit un message gravé dans le bois, en partie recouvert de fond de teint. Violette balaie la poudre de la main…

Utilise la carte à gratter
pour révéler ce que découvre Violette…

– On dirait que quelqu'un avait peur d'oublier son rendez-vous chez le dentiste… Il faudra que je donne du papier recyclé aux mannequins, ou tous mes meubles seront ravagés, plaisante Judith.

Tout à coup, une silhouette surgit qui fait immédiatement penser à Cruella d'Enfer, la méchante des *101 Dalmatiens*. Il y a quelque chose de mauvais dans sa façon d'observer Finette, pense Zoé. Un peu comme si elle l'imaginait en écharpe !

– Vous me devez deux mois de loyer ! gronde Cruella. Vous croyez que je vous loue cet atelier gratuitement ?

– Madame Pestelvitch, je vous paierai après le défilé, se défend Judith. J'aurai des commandes, et…

– Pff ! fait la propriétaire, méprisante. Vos machins écolos… Ça ne marchera jamais ! Je vais vous faire expulser, moi, et plus vite que ça !

Les deux amies n'ont pas le temps de défendre Judith. Apeurée par les cris de Mme Pestelvitch, Finette s'enfuit de la pièce ! Zoé et Violette se ruent à sa poursuite, obligées de grimper un escalier étroit aux marches grinçantes qui mène à ce qui ressemble à un grenier…

– Finette, reviens, la supplie Violette.

Puis elle se résout à entrer dans la pièce encombrée, très mal éclairée et tapissée d'une épaisse couche de poussière. Tout au fond, Zoé distingue une silhouette menaçante, à demi cachée derrière un paravent…

Par réflexe, la jeune fille s'avance et exécute l'une de ses meilleures prises de judo à un adversaire qui s'écroule aussitôt ! Et pour cause… c'est un simple mannequin de couture !

– Au moins, il n'a pas eu mal ! se moque Violette. Et tu as retrouvé Finette.

En effet, intriguée par le mannequin sans tête, la mignonne petite hermine s'est approchée pour le renifler. Zoé discerne alors une fente, sur la poitrine, dans laquelle est dissimulé un morceau de papier dont elle s'empare, curieuse.

L-7 J+5+6-3 J A+17-0-9+13-17. I+3 F-5+20-1 A+6+2+9 !

– Euh, c'est quoi, ça ? s'étonne Zoé, après l'avoir lu.

– Ça ressemble à un message codé, répond Violette, qui adore les histoires d'espionnage. Regarde, il y a des signes de ponctuation, des espaces, comme entre des mots, et régulièrement il y a une lettre… on dirait que la première lettre de chaque mot est donnée !

La styliste en herbe saisit le papier et se place sous la lumière d'une petite lucarne ronde. Puis elle sort son carnet de croquis et se met à griffonner.

– D'abord il y a un L… ensuite il y a un tiret, comme un signe « moins »… Ça ferait L *moins* 7 ?

Si on remonte de 7 dans l'alphabet, ça donnerait... E ? Donc « Le » ! Oh, je crois que j'ai compris ! se réjouit Violette. Il suffit d'avancer ou de reculer dans l'alphabet en fonction du signe d'opération qui précède ! Si c'est bien ça, cela donnerait...

Elle marque une pause pour compter, avant de s'exclamer, triomphante :

– « Le jour J arrive. Il faut agir ! »

– Bizarre, commente Zoé. Attends... Donne-moi les ciseaux, là-bas, on dirait qu'il y a un papier cousu, ici !

En effet, une feuille de la même couleur que le tissu a été camouflée sur le mannequin. À l'aide des ciseaux, Zoé parvient à la récupérer, révélant une inscription au verso !

Découvre le message secret
en découpant les deux pages suivantes !

– Ça ressemble à l'écriture de Judith, non ? Mais on dirait une photocopie.

- I -

Matériaux pour la robe de mariée

Dentelle de Chantilly faite main, datant de 1910
et récupérée dans un ancien atelier de fabrication

Perles constituées de plastique recyclé

Lin bio provenant de la région parisienne

Morceaux de satin issus d'anciennes robes

350 capsules de café usagées, couleur argent

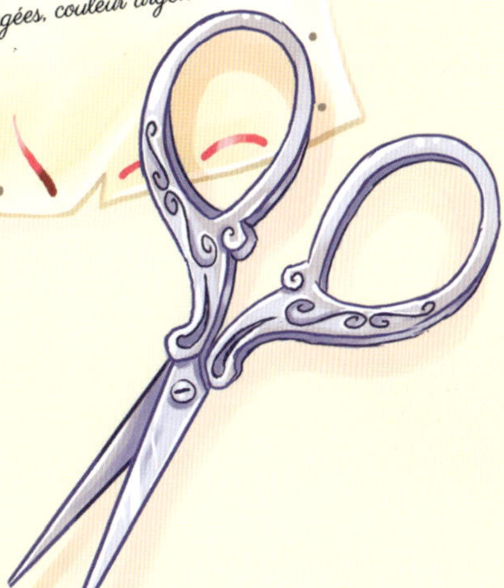

– Tu crois qu'on devrait lui en parler ? interroge Zoé.

– Je ne sais pas. Elle est déjà tellement stressée...

Les jeunes filles redescendent au rez-de-chaussée, où Judith s'efforce de faire bonne figure après le départ de la propriétaire. Mais Violette sent bien qu'elle est mal à l'aise.

– Je suis sûre que votre défilé va être un succès, tente-t-elle de la réconforter.

Judith sourit et se ressaisit aussitôt. Elle demande à chacun de reprendre ses activités.

Le reste de la journée passe alors à une vitesse folle ! Fascinées par le travail de la styliste et de ses collaborateurs, les deux amies oublient bien vite les messages secrets...

CHAPITRE 2

Aux Puces !

Lorsque les filles reviennent à l'atelier, le lendemain, un nouveau message de Judith les attend sur la porte vitrée que Violette déchiffre grâce au miroir de son poudrier.

COUCOU LES FILLES, J'ARRIVE !
EN ATTENDANT, OUVREZ DONC
LES CARTONS ☺

Mais les jeunes filles ont beau scruter la cour, elles ne voient aucun carton dans les parages…

– Alors, que pensez-vous de cette dentelle ? les

interpelle Judith à son arrivée, le sourire aux lèvres. C'est pour la robe de mariée qu'on va terminer aujourd'hui !

– Désolée, lui répond Zoé, embarrassée, mais on n'a pas trouvé les cartons...

La styliste balaie les lieux du regard, puis se rend dans son bureau pour appeler le transporteur. Lorsqu'elle raccroche, Judith est devenue blanche comme un linge !

– Il m'a certifié avoir effectué la livraison à 7 h ce matin, rapporte-t-elle. Je n'y comprends rien ! Il n'y a aucun autre locataire ici, donc qui aurait pu prendre ces cartons ?

Tandis que la styliste recompose un numéro sur son téléphone, Violette n'a pas besoin de consulter Zoé pour savoir qu'elle pense la même chose : 7 h, c'était l'horaire indiqué sur la coiffeuse. « Dent. » ne voulait peut-être pas dire « dentiste », finalement, mais « dentelles »...

Songeuses, les jeunes filles rejoignent Monica, derrière son établi, et lui racontent ce qui s'est passé.

La première main écarquille des yeux de plus en plus grands au fil de leur récit.

– Comment on va faire ? se désole-t-elle enfin. Trouver autant de dentelle ancienne de si bonne qualité, si rapidement, c'est une mission impossible !

– Il n'y a pas de quoi s'affoler, commente Isabelle, l'attachée de presse, qui vient d'entrer dans l'atelier accompagnée de Tom.

– Comment ça, « pas de quoi s'affoler » ? s'emporte le photographe. Tu as déjà vu un défilé sans robe de mariée, toi ? C'est une catastrophe !

À ce moment-là, Judith sort de son bureau. Elle semble au bord du désespoir.

– Mon fournisseur n'a plus que de la dentelle neuve en stock... C'est totalement contraire à l'esprit de ma collection !

Soudain, une idée traverse l'esprit de Zoé.

– Mon père est brocanteur aux Puces, explique-t-elle. Il a un tas de vieux vêtements à vendre ! Vous pourriez peut-être récupérer de la dentelle dessus ?

Cette proposition semble redonner des couleurs à Judith, qui s'exclame :

– Ça vaut le coup d'essayer !

Puis elle attrape une clé accrochée au mur, avant de mener les filles vers un appentis sous lequel est garée une petite voiture électrique.

– C'est le véhicule de l'atelier, précise-t-elle. Je l'utilise rarement, habitant à deux pas d'ici. Oh ! j'ai oublié de prendre la carte grise... Montez, je reviens.

Les deux amies s'installent, Zoé à l'arrière, Violette à l'avant. Cette dernière remarque alors un morceau de papier oublié sous le siège conducteur. Un nouveau message codé !

J-5+15+0-15 L-7+14 D-3+13+5 L-11 S-14+4+5-9.

– « Jette-les dans la Seine », traduit-elle à Zoé, après une bonne minute de déchiffrage.

L'auteur de ce message voulait-il parler des cartons ? Mais elle n'a pas le temps de poser la question, car la styliste revient, si souriante et pleine d'espoir que Violette n'a pas le cœur de l'inquiéter.

À leur arrivée dans la boutique de Gilles, Judith explose de joie : l'endroit regorge de robes anciennes mais aussi d'étoles, de chapeaux, de sacs à main... Violette et Zoé essaient de repérer des pièces de dentelles dans ce bric-à-brac, tout en discutant.

Et toi, as-tu trouvé les onze pièces de dentelle ?

– Tu crois qu'on a volontairement perdu ou détruit cette dentelle ? glisse Zoé à l'oreille de Violette. Et que les auteurs de ces messages bizarres en seraient responsables ?

Son amie esquisse une moue. Il faudrait drôlement en vouloir à Judith pour imaginer un complot pareil ! Le plus probable est que les cartons ont juste été égarés... Mais une partie d'elle-même a du mal à croire à cette explication.

Les jeunes filles se promettent d'être vigilantes, à partir de maintenant.

Lorsque Judith rentre dans son atelier, les bras chargés des vêtements trouvés aux Puces, elle est aux anges ! Elle confie leurs trouvailles à Monica afin que sa première main récupère la dentelle ancienne. En attendant, la styliste invite ses protégées à la suivre dans son bureau.

– Je vous dois une fière chandelle, les filles ! Mais il manque encore un modèle à ma collection. Une création qui marquerait les esprits, qui serait mon emblème. Des idées ?

Si Violette a des idées ? Mais cet atelier lui en inspire des dizaines ! Par exemple, elle a repéré une pile de vieux magazines de mode, tout à l'heure... Ce serait tellement représentatif du style de Judith ! Timide, elle se lance :

– Et si vous vous serviez de vieux magazines pour fabriquer une robe 100 % recyclée ?

– Brillant ! s'exclame la jeune femme. J'adore ! Ça vous plairait de m'aider ?

Quelle question ! Les deux nouvelles assistantes se font une joie de passer à l'action. Elles découpent soigneusement des pages, que la styliste épingle ensuite sur un mannequin de couture.

Pendant qu'elles travaillent, Finette s'amuse à se cacher. Mais Zoé aperçoit le bout de sa queue qui dépasse de sous une commode...

– Je t'ai vue, petite coquine !

En se baissant pour attraper l'hermine, la jeune fille sent quelque chose effleurer ses doigts. Elle le ramasse... c'est le croquis d'une robe de mariée !

– Ce n'est pas une de mes créations, indique Judith. Mais l'atelier a été occupé par un autre styliste avant moi, Maxime Duchamp. Peut-être a-t-il oublié ce dessin ici ?

Du bout de l'ongle, Zoé gratte quelques brins de gomme restés collés sur le dessin... et voit quelque chose apparaître en dessous !

Utilise la carte à gratter
pour révéler ce que découvre Zoé...

À l'évidence, rien à voir avec un dénommé Maxime...

Mais, comme le temps presse, les apprenties stylistes se remettent au travail. Ce n'est qu'en fin d'après-midi que les jeunes filles quittent l'atelier, plus heureuses que jamais – participer à la création d'un modèle est fascinant ! –, et peuvent repenser à ces étranges messages.

Alors qu'elle se dirige vers la sortie, Zoé, plongée dans ses réflexions, percute le chariot de l'employée de ménage... Patatras ! le bruit de sa chute est retentissant ! La jeune femme rousse qui vidait les corbeilles se précipite vers elle et lui demande, un peu inquiète :

– Ça va ?

– Oui, oui, assure Zoé, en s'agrippant à l'établi pour se redresser.

Tout en aidant la jeune femme à ramasser quelques pièces de tissu tombées au sol, Zoé remarque qu'un morceau de papier portant le même motif que le tissu est collé sous l'une d'entre elles... Elle s'en empare, l'air de rien, en hélant discrètement Violette.

L'instinct de Zoé ne l'a pas trompée, il y a bien un message au verso du papier quand elle le retourne ! Et on dirait encore une photocopie d'une liste écrite par Judith…

Découvre le message secret en découpant les deux pages suivantes !

Matériel pour le défilé :
Lustres de stylos-billes usagés :
Annabella Lou
Plaids en patchwork formés à partir de
vieux plaids usés :
Cabane du vieux Albert
Banquettes fabriquées avec des
palettes + Fauteuils conçus dans
de vieux barils : Mobilier Écolo & Déco
Compositions en bois flotté, fleuriste
du coin de la rue
Contacter les créateurs

CHAPITRE 3

Plan B ?

Le lendemain matin, Violette et Zoé trouvent un nouveau message de Judith sur la porte de son atelier. Elles sourient : c'est déjà devenu une habitude...

REJOIGNEZ-MOI CHEZ LE FLEURISTE DU COIN DE LA RUE !

Soudain, le visage de Zoé s'assombrit tandis qu'elle repense aux étranges événements des jours précédents...

– S'il se passe encore un truc bizarre, on dit tout à Judith, lance la jeune fille, déterminée.

Violette hoche la tête avec un pincement au cœur. C'est le premier défilé de la styliste, un moment crucial pour sa carrière ! Elle n'a vraiment pas besoin de stress supplémentaire. Cependant, Zoé a raison. Le message oublié dans le véhicule de l'atelier semble indiquer que l'un des collaborateurs de Judith est impliqué. Mais lequel ? Pourquoi agirait-il ainsi ? Et à qui s'adresserait-il ?

– Oh ! j'ai oublié mon foulard, hier, s'exclame Violette. Si c'est ouvert, je vais le récupérer avant d'aller chez le fleuriste...

Par chance, la porte est ouverte. À l'intérieur, une voix résonne, c'est celle d'Isabelle. Apparemment, elle discute au téléphone, cachée dans les toilettes... Drôle d'endroit pour appeler quelqu'un !

Intriguée, Violette va coller son oreille contre la porte. Perchée sur son épaule, Finette semble l'imiter.

– Oui, c'est bien ça... On a volé la dentelle destinée à la robe de mariée du premier défilé de Judith Bisson... Quelqu'un complote pour lui nuire !

Mais avec qui parle-t-elle ? Tout comme la veille, cette histoire ne semble pas l'affliger le moins du monde...

Soudain, Finette se redresse. Violette comprend qu'elle cherche à l'avertir : Isabelle va sortir ! La jeune fille s'écarte juste à temps.

– Oh ! s'étonne l'attachée de presse en ouvrant la porte. Judith n'est pas là, tu sais ?

– Euh, oui, je sais..., balbutie la jeune enquêtrice, écarlate. J'avais, euh... une envie très pressante !

Alors, sans laisser le temps à Isabelle de réagir, Violette s'engouffre dans les toilettes... Ouf ! la jeune fille récompense la vigilance de Finette par une caresse. Elle se passe un peu d'eau sur le visage pour se remettre de ses émotions, quand elle aperçoit quelque chose dans la corbeille, sous le lavabo. Une feuille de papier roulée en boule. L'apprentie détective s'en saisit, la déplie...

A+8 P-11+13-14+17 L-11 L-3+10+1-15. O-1
P-15+18+O-14 A+20 P-4-11+13 B.

... et sort précipitamment montrer ce nouveau message codé à Zoé !

Maintenant qu'elles ont craqué le code, il ne leur faut que quelques instants pour traduire le message : « Ai perdu la liste. On passe au plan B. »

– Tu crois qu'ils parlent de la liste du matériel trouvée hier ?

– Je parierais ma ceinture de judo là-dessus ! réplique Zoé avec assurance. Ils projetaient peut-être de voler d'autres choses. Mais, comme on leur a mis des bâtons dans les roues...

– ... ils vont passer au plan B ! Cette feuille était roulée en boule, ce message a dû être jeté après avoir été déchiffré.

Soucieuses, les deux amies vont retrouver Judith chez le fleuriste, où la styliste récupère les compositions en bois flotté prêtées par l'artisan. La jeune femme emmène ensuite en voiture ses protégées jusqu'à la salle où va se dérouler le défilé.

– Vous avez l'air pensives, les filles...

Assise à l'avant, Zoé s'apprête à répondre quand Violette l'interrompt :

– Non, non ! On est juste contentes d'être là, avec toi.

Son amie se retourne pour lui lancer un regard noir. Violette sait bien qu'il va falloir parler à Judith des messages secrets, mais elle refuse d'angoisser la styliste alors qu'elle fait déjà tout pour surmonter son stress ! Et puis, elles n'ont pour le moment aucune piste solide. Certes, Isabelle se comporte étrangement, mais pourquoi en voudrait-elle à l'adorable Judith ?

Cette dernière se gare devant un grand bâtiment moderne, bordant la Seine. Malheureusement, une fois devant la porte fermée...

– C'est bizarre, s'étonne Judith. J'avais rendez-vous avec le propriétaire. Il devait me donner la clé.

Elle compose un numéro sur son téléphone portable, échange quelques mots avant de s'écrier, catastrophée :

– Mais non ! Je ne vous ai pas envoyé un mail pour annuler la location ! Ce doit être un malentendu, je suis toujours intéressée par votre salle... QUOI ? Vous l'avez déjà relouée ?

Dans la voiture, les filles ne savent pas quoi dire pour réconforter la styliste affolée. Ce n'est vraiment pas le moment d'en rajouter avec le complot qu'elles ont découvert... Était-ce cela, le « plan B » ? Faire croire au propriétaire de la salle que Judith ne souhaitait plus la louer ?

De retour à l'atelier, Judith presse Isabelle de trouver un autre lieu pour le défilé. Quant à Monica, elle tombe des nues : difficile de terminer les modèles dans une ambiance aussi stressante ! Tom, lui, est fidèle à lui-même : énervé. Il avait prévu de se familiariser avec la salle dans la journée...

Mais tout le monde s'active aussitôt, y compris les apprenties stylistes qui empruntent l'ordinateur portable de Judith pour aider à chercher une salle. En surfant sur Internet, elles ont droit à une énorme surprise : le bruit court sur la Toile que quelqu'un en veut à Judith.

– Tu crois qu'Isabelle a répandu cette rumeur ? chuchote Zoé.

– En tout cas, ça a créé un véritable buzz, relève Violette. Regarde, tout le monde parle du défilé, maintenant !

Méfiantes, les jeunes enquêtrices délaissent bientôt leur recherche pour observer les collaborateurs de Judith. Mais aucun ne semble avoir de comportement suspect...

– Et si on retournait dans le grenier ? propose Zoé. Il y a peut-être d'autres indices ?

Ni vu, ni connu, les jeunes filles s'éclipsent afin de gagner le grenier qu'elles fouillent avec minutie.

Au bout de quelques minutes, Violette repère une ancienne machine à coudre, posée sous la lucarne. La poussière accumulée dessus semble recouvrir une petite inscription.

Utilise la carte à gratter
pour révéler ce que découvre Violette...

– Ça doit être la date de sa fabrication, suppose-t-elle en ouvrant le tiroir du socle, toujours à la recherche d'indices.

Mais il n'y a qu'une vieille notice à l'intérieur. Violette la feuillette à tout hasard, pour découvrir que la dernière page semble plus épaisse que les autres, comme si deux feuilles étaient collées l'une à l'autre...

Découvre le message secret en découpant les deux pages suivantes !

Qui peut bien avoir caché cet article de magazine entre deux pages de cette vieille notice ?

Soudain, Finette se redresse, alertée. Quelqu'un vient...

Vite ! Zoé entraîne Violette derrière un paravent. De là où elles sont, elles ne peuvent pas distinguer la personne qui est entrée, mais la judoka se tient prête à exécuter une petite prise au besoin !

L'inconnu traverse la pièce, le parquet grinçant sous ses pas. Il (ou elle !) marque une pause, avant de repartir...

Après avoir longtemps hésité, le jury du concours « Mod'Innov » a finalement décerné le premier prix à la jeune styliste Judith Bisson. Ses créations originales et ingénieuses ont fait mouche, comme sa robe constituée de cuillères en plastique. Le prix de 30 000 euros va lui permettre de lancer sa marque.

CHAPITRE 4

Une robe de mariée peut en cacher une autre...

– Il ou elle a peut-être laissé un message ? chuchote Zoé, une fois l'intrus parti.

Violette observe son hermine, qui renifle le sol avec intérêt.

– Je crois qu'elle sent ses traces...

Les enquêtrices observent, tout excitées, Finette fureter dans le grenier. Leur amie à quatre pattes bondit par-dessus un rouleau de tissu, trottine le long du mur, fourre son nez dans un tas de rubans et enfin plonge dans un carton à chapeau...

Violette s'approche de la boîte pour découvrir,

entre les crocs de son hermine, un nouveau message codé ! Elle s'en saisit aussitôt en caressant Finette, qui vient se blottir au creux de son cou...

E+7+0-7 N'-13 A+20-18+18-7-9 C+5-7+13-11+2
D+1 R-13+16-2+0-10+9 !

– Qu'est-ce que ça dit ? interroge Zoé, après avoir laissé quelques secondes à son amie pour déchiffrer le message.

– « Elle n'a aucune chance de réussir », récite Violette. Tu crois qu'ils parlent de Judith ?

– On dirait bien, mais ça ne nous apprend pas grand-chose, en fin de compte. Et ça ne prouve toujours rien...

Son amie ne peut qu'acquiescer, malheureusement.

Les jeunes filles se consolent en se disant que l'ancienne machine à coudre pourrait faire une superbe décoration, elles regagnent donc l'atelier avec. Dans la salle d'essayage, elles tombent nez à nez avec la mannequin vedette vêtue de la robe de mariée. Pendant un instant, Violette en oublie tout le reste. La création est époustouflante !

Mais Tom, qui photographie la jeune femme, est mécontent, comme d'habitude.

– Cette pièce manque d'éclairage... Qui a mis ce projecteur là-bas ? Je travaille avec des amateurs, ma parole ! Eh ! vous deux, reprend-il en apercevant Violette et Zoé, qu'est-ce que vous fabriquez avec cette antiquité ? Venez plutôt m'aider !

Les jeunes filles s'empressent de poser la machine à coudre sur une commode mais, alors qu'elles approchent de Tom, elles sont aussitôt arrêtées par Isabelle, qui affiche un large sourire.

– Bonne nouvelle, les filles : sur le conseil de Monica, j'ai déniché l'endroit idéal pour le défilé, *Le Havre de Gaïa* ! Un hôtel entièrement écologique surmonté d'un immense toit-terrasse aménagé en un magnifique jardin potager bio ! La propriétaire a déjà accepté. Vous voyez ? Tout s'arrange ! Judith est sortie, mais je crois qu'elle vous a laissé un message..., conclut Isabelle avec un clin d'œil, en désignant la porte d'entrée.

Effectivement, Judith s'est encore amusée à leur écrire sur la porte vitrée, mais de l'extérieur cette fois, pour que, vu de l'intérieur, le message soit toujours à l'envers...

JE SUIS PARTIE CHERCHER
LE RESTE DU MATÉRIEL.
JE REVIENS VITE !

Comme Tom continue de pester dans son coin, Violette et Zoé se précipitent pour lui prêter main-forte.

– Qu'est-ce que c'est que ça ? ronchonne le photographe, en examinant l'une des mannequins d'un air atterré. Ça ne va pas du tout ! Il faut ajouter quelque chose dans ces cheveux... une barrette, un bandeau... enfin, quelque chose pour habiller cette tignasse ! Assistantes, allez me chercher ça dans la réserve !

La réserve ? Quelle réserve ? Les stylistes en herbe échangent un regard embêté, mais l'air sévère de Tom les intimide trop pour qu'elles osent lui poser la question.

Heureusement, l'une des petites mains, Romain, a entendu la conversation et se hâte de mettre fin à leur confusion.

– Au bout du couloir, leur indique-t-il, avec un clin d'œil complice.

– Merci ! lui lance Zoé, en entraînant son amie par le bras.

La réserve en question est une pièce haute et encombrée, occupée par des étagères du sol au plafond. Violette ouvre plusieurs cartons, jusqu'à ce qu'elle en trouve un contenant des accessoires pour cheveux.

Zoé, quant à elle, aperçoit quelque chose qui dépasse de l'étagère la plus haute : une sorte de housse.

Suivant son instinct, elle se hisse sur un rayonnage...

– Je l'ai ! s'écrie-t-elle, victorieuse, en redescendant avec agilité.

Elle ouvre la housse qui révèle... une robe de mariée !

– Pourquoi est-ce qu'on l'a rangée ici ? s'étonne-t-elle.

– Elle ne te rappelle rien ? hoquette Violette, les yeux écarquillés.

– Mais oui, tu as raison ! C'est la robe dont on a trouvé le croquis, celui de ce... Fred !

Dans la housse, Zoé trouve également un petit morceau de papier recouvert de paillettes. Elle le frotte pour lire ce qu'il y a écrit en dessous.

Utilise la carte à gratter
pour révéler ce que découvre Zoé...

Peut-être que ce Fred crée aussi des tenues écolos ? Dans ce cas, Judith pourrait le connaître...

– Cette fois, on ne doit plus reculer, commente Violette. Il faut qu'on en parle à Judith !

Quand cette dernière revient à l'atelier, les jeunes filles lui demandent si elles peuvent lui parler en tête à tête dans son bureau. Et là, elles lui racontent tout : les messages codés, les photocopies, la rumeur qui court sur le Net... sans oublier la robe de mariée en soie, cachée dans la réserve.

Judith les écoute, de plus en plus estomaquée. Puis elle se met à observer la robe avec attention.

– Pour les messages, je ne vois aucune explication, d'autant que je ne connais aucun Fred, finit-elle par admettre. Mais la robe a peut-être été cousue par quelqu'un de l'atelier ? Allons le leur demander...

Malheureusement, le trio fait chou blanc. Personne, parmi les petites mains, n'a jamais vu cette robe, et aucune ne connaît de Fred.

L'après-midi se termine ensuite rapidement.

À la fin de la journée, les petites créatrices patientent dans la salle des essayages, maintenant vide, en attendant que la mère de Zoé vienne les chercher. Tout excitée, Finette galope partout, véritable fusée sur pattes ! Si bien que, au bout d'un moment, elle renverse un poudrier resté ouvert…

Les deux amies récupèrent de quoi nettoyer sur une étagère. L'œil de Violette est alors attiré par une chute de tissu, portant le même motif que celle sur laquelle Zoé avait découvert un message caché tombé du chariot de nettoyage…

Découvre le message secret en découpant les deux pages suivantes !

Personne n'en veut à Judith Bisson !
La soi-disant styliste a elle-même
répandu cette scandaleuse rumeur
DANS UN SEUL BUT : qu'on parle d'elle.
Jusqu'où sa soif de célébrité va-t-elle
la mener ? Jusqu'à saboter son propre
défilé ?

Au fond, c'est logique : il faut bien
compenser le manque de talent...

CHAPITRE 5

Tous suspects ?

Le lendemain matin, Violette retrouve Zoé un peu plus tôt chez elle pour effectuer quelques recherches sur Internet. Tout d'abord, elles doivent trouver qui est ce mystérieux Fred ! Malheureusement, elles ne trouvent aucune personne portant ce prénom travaillant dans le milieu de la mode.

– J'imagine que ce Fred n'est pas très connu, en déduit Zoé, on va avoir du mal à l'identifier.

Violette réfléchit, passant en revue tous les indices qu'elles ont déjà trouvés, notamment la page arrachée du magazine qui parlait du concours remporté par Judith. Devant l'air grave de sa jeune maîtresse, Finette plisse les yeux, comme si elle réfléchissait intensément, elle aussi !

Violette sort l'article de son sac pour le relire.

– Il est écrit ici que le jury a longuement hésité entre deux concurrents, rappelle-t-elle. Peut-être que le perdant souhaite se venger de Judith ?

Zoé ne paraît pas très convaincue.

– Pourquoi ? Ce n'est pas parce qu'on ne gagne pas qu'on n'est pas bon, c'est juste qu'on a trouvé meilleur que soi à ce moment-là. C'est aussi ce qui nous motive à faire mieux la prochaine fois ! Si je devais piquer une crise à chaque fois que je perds un combat de judo, je n'aurais pas fini...

– C'est vrai, mais tout le monde n'a pas l'esprit sportif comme toi, souligne Violette, en souriant. Et là, il y avait beaucoup d'argent en jeu. C'est grâce à cette cagnotte que Judith a pu lancer sa marque. Si tu veux mon avis, je crois qu'on tient une piste !

Comme il reste quelques minutes aux deux amies avant de partir rejoindre Judith et son équipe, elles consultent encore Internet pour creuser la piste du concours Mod'Innov, sans rien trouver d'intéressant.

Puis la mère de Zoé les dépose devant l'atelier.

Évidemment, un nouveau message est inscrit sur la porte vitrée :

SURPRISE !
POUR UNE FOIS, JE SUIS LÀ ☺

Les jeunes filles sont ravies de voir que la styliste a gardé le sourire, et ne semble pas trop abattue par leurs révélations de la veille. D'ailleurs, elles sont à peine entrées qu'elles découvrent l'atelier en pleine effervescence, pris dans le tourbillon des derniers essayages avant le défilé du lendemain : Monica et les petites mains sont à pied d'œuvre, Isabelle est scotchée à son meilleur ami (son téléphone), quant à Tom, il s'agite dans tous les sens, muni de son appareil photo !

– Coucou, les filles, les salue Judith, des épingles plein la bouche. Je suis à vous dans deux petites minutes !

Cependant, Violette et Zoé constatent vite qu'elle est complètement débordée, entre les dernières retouches, la coordination des fournisseurs, la préparation des ultimes décorations… Alors, au milieu de l'agitation générale, Zoé entraîne discrètement son amie vers le bureau de la styliste.

– Pourquoi tu m'emmènes ici ? s'étonne Violette.

– Pour enquêter ! affirme Zoé, qui a visiblement une idée derrière la tête.

Alors que la judoka examine les dossiers entassés sur le bureau, elle repère une photo, cachée au milieu d'une liasse de feuilles. On y voit Judith tenant une sorte de pancarte. Mais un bout de papier est collé dessus, masquant un détail…

D'un coup d'ongle, Zoé le fait sauter !

Utilise la carte à gratter pour révéler ce que découvre Zoé…

Ce n'est pas une pancarte, mais un faux chèque géant ! Les apprenties détectives comprennent que le cliché a dû être pris lors de la remise du prix Mod'Innov. Derrière Judith, on peut voir quelques personnes, certaines brandissant un verre, d'autres un petit four à la main. Serait-ce les autres concurrents ?

– Regarde cette fille brune dans le coin, à gauche…, fait remarquer Zoé.

On distingue à peine son visage, car elle se tient de profil. Mais son regard pointé sur Judith, sa bouche pincée et son sourcil froncé respirent la colère ! Elle est la seule à ne pas profiter de l'atmosphère de fête qui les entoure…

Comme des pas résonnent derrière la porte, Zoé se hâte de glisser la photo dans sa poche.

– Ah, vous êtes là ! s'enthousiasme Judith. Les essayages sont terminés. Venez avec moi ! On va installer la déco pour le défilé.

Dans la voiture avec Judith, les jeunes filles exposent leurs dernières déductions.

– On est à peu près sûres que les comploteurs ont un lien avec le concours que tu as gagné, conclut Zoé.

– Je ne me souviens plus vraiment des autres concurrents, avoue la jeune femme. J'étais tellement concentrée sur mon travail ! Vous savez, je n'arrive toujours pas à croire que l'un de mes collaborateurs soit dans le coup... Ils sont tous si gentils et compétents ! En tout cas, qui que soient ces gens, et quoi qu'ils projettent réellement, ils ont négligé un détail important...

– Lequel ? interroge Violette, perplexe.

– Mes deux super anges gardiennes ! s'exclame Judith, en leur adressant un large sourire dans le rétroviseur.

L'œil pétillant de la styliste est un concentré de vitamines pour les détectives en herbe, qui lui sourient en retour. C'est sûr, le premier qui s'en prendra à Judith aura affaire à elles !

L'hôtel devant lequel la créatrice se gare, *Le Havre de Gaïa*, est magnifique avec ses façades végétalisées et son toit-terrasse offrant une vue époustouflante sur Paris !

Violette et Zoé aident Judith et Isabelle à installer la déco sur le toit, pendant que Finette gambade joyeusement dans le jardin potager.

Tout se déroule à merveille, jusqu'à ce que la propriétaire de l'atelier surgisse.

– M-madame Pestelvitch ? balbutie Judith. Comment avez-vous su que j'étais ici ?

– L'une de vos couturières m'a dit où vous trouver, rétorque Cruella, visiblement énervée. Votre défilé va être un flop !

– Les vêtements écologiques sont dans l'air du temps..., essaie de lui expliquer la styliste.

– Oui, eh bien, mon loyer aussi, il est dans l'air du temps ! J'exige que vous me payiez, *tout de suite !*

Judith pâlit à vue d'œil.

– Je vous en prie, laissez-moi encore une journée !

Bien que Zoé soit plus habituée aux arts martiaux qu'aux joutes verbales, elle tente de plaider en faveur de Judith :

– Une toute petite journée, madame, ce n'est rien du tout… Que diriez-vous d'être l'invitée d'honneur du défilé ? Il y aura des célébrités, vous savez !

En réalité, elle ignore si c'est vrai, mais ça lui a semblé un bon argument. D'ailleurs, si Mme Pestelvitch paraît un peu surprise, elle n'a pas l'air pour autant désintéressée… Avec une grimace, elle finit par céder.

– Entendu. Je vous donne jusqu'à demain, dernier délai !

Et elle repart comme une tornade !

Dans le courant d'air provoqué par sa pirouette, un morceau de papier se détache de l'arrière de son manteau. On dirait une sorte de Post-it. Violette le ramasse… Bingo ! c'est un message codé !

L-7 D+1+1+3+3-7 V-21 Q+4-20+13-10 M-8+8-8 A+21-7-6+9 L-3-4+16. Q+4' E+14+1 C+2 Q+4' O-1 F-5+8+11 ?

– « Le défilé va quand même avoir lieu. Qu'est-ce qu'on fait ? » lit-elle à voix basse, après l'avoir déchiffré.

– Alors, ce serait Cruella, le cerveau de l'affaire ? hésite Zoé.

Violette semble dubitative. Pourquoi la propriétaire de Judith voudrait gâcher le défilé ? Pour pouvoir expulser sa locataire ? Mais quelle serait sa relation avec Fred ? Et quel serait le lien entre Mme Pestelvitch et le concours ?

– Le papier a très bien pu se coller à son manteau, quand elle était à l'atelier, raisonne-t-elle. Ça ne veut rien dire.

Zoé soupire. Retour à la case départ, donc. Les comploteurs n'ont pas dit leur dernier mot, il va falloir se méfier...

Quelque temps après, le réceptionniste de l'hôtel apporte un courrier adressé à Judith. L'enveloppe porte le sigle d'un grand palace parisien. La styliste la déchire avec une hâte qui trahit sa curiosité.

Découvre le message secret en découpant les deux pages suivantes !

La jeune créatrice pousse un cri de joie, en montrant l'invitation à ses protégées. Mais Zoé ne saisit pas trop la raison de toute cette excitation…

– Anna Vautour est la rédactrice la plus influente de la mode, lui précise Violette, ravie pour la jeune femme.

Ça paraît presque trop beau pour être vrai ! Pourtant, après avoir appelé la réception du palace, Judith a la confirmation qu'Anna Vautour y séjourne bien. Et elle a même donné des instructions pour son rendez-vous avec Judith !

Les dernières retouches attendront…

Chère Judith Bisson,
Ayant entendu parler de vos créations, je vous invite à venir me rencontrer ce soir, à 21 heures, à l'Hôtel du Grillon dans lequel je séjourne actuellement.
Nous discuterons de votre travail, et d'une éventuelle publication au sein de mon magazine.
Anna Vautour
Rédactrice en chef de « Mode & Glamour »

CHAPITRE 6

L'art de la reprise…

Le lendemain matin, c'est d'un pas encore plus dansant qu'à l'accoutumée que les protégées de Judith se rendent à l'atelier. Elles ont hâte de savoir comment s'est déroulée son entrevue ! Mais le message qu'elles lisent sur la porte vitrée assombrit leur humeur d'un coup…

C'EST LA CATASTROPHE !

Inquiètes, les deux amies poussent le battant pour trouver Judith affalée sur une chaise, juste à côté du mannequin de couture portant la robe de mariée... ou plutôt, ce qu'il en reste ! Car la création a été noircie à la bombe et mise en pièces.

– Qui a pu faire ça ? s'exclame Violette, effarée.

– Quelqu'un a dû s'introduire ici, pendant mon absence. Je l'ai trouvée dans cet état à mon arrivée ce matin, rapporte la créatrice, d'une voix tremblante.

Zoé se retient de répondre que n'importe qui, à l'atelier, pourrait être le coupable, puisque chacun doit posséder une clé. Mais Judith a l'air suffisamment désespérée comme ça !

De leur côté, les petites mains semblent démunies. Même Isabelle, si bavarde habituellement, reste muette.

Finette sent-elle instinctivement que la créatrice ne va pas bien ? En tout cas, la douce hermine se blottit sur ses genoux, quémandant une caresse.

Judith s'exécute avec un pâle sourire.

– En plus, Anna Vautour n'est pas venue à notre rendez-vous ! les informe-t-elle. J'ai attendu, attendu... Au bout de deux heures, je suis allée à la réception.

Et là, on m'a dit qu'Anna ne séjournait pas ici. Je n'y comprends rien. Ils m'avaient pourtant confirmé sa présence, au téléphone.

Violette, au contraire, commence à saisir.

– Vous avez gardé la carte d'Anna Vautour ?

Judith se lève pour aller la chercher. Après vérification, il s'avère que le numéro de téléphone indiqué au dos ne correspond pas à celui de l'hôtel. Les comploteurs avaient vraiment tout prévu, imprimant un carton au logo du palace avec un autre numéro ! Sans doute dans le but de s'assurer que Judith ne serait pas dans son atelier, à 21 heures. Cette dernière confirme :

– J'avais prévu de revenir travailler cette nuit, mais j'étais trop fatiguée après avoir attendu en vain.

Cette fois, c'est un vrai désastre ! Sans robe de mariée, le défilé ne peut qu'être annulé.

Alors que Judith s'enferme dans son bureau pour réfléchir, Zoé entraîne Violette au grenier, dans l'espoir d'y trouver un nouveau message qui pourrait les renseigner sur leurs prochaines actions. Mais elles ont beau chercher, elles ne trouvent rien de nouveau...

– Oh non ! la vieille machine à coudre ! s'écrie subitement Violette.

– Quoi, la vieille machine à coudre ?

– Quand on l'a descendue dans l'atelier, le traître a sûrement compris qu'on connaissait le grenier. Et maintenant, il se méfie. J'aurais dû être plus maligne !

– Ce n'est pas ta faute, la réconforte Zoé. Et puis ils vont utiliser une autre cachette, c'est tout. Comme l'autre jour, sur l'étagère. Il suffit de la trouver. Mais soyons discrètes !

Les deux enquêtrices fouinent un peu partout, l'air de rien. Dans la réserve, les toilettes, la salle des essayages, et enfin la cuisine. Alors qu'elles commencent à se décourager, Zoé entrevoit une cabane par la porte-fenêtre donnant sur le jardinet, à l'arrière.

– Il faut toujours suivre son instinct, déclare-t-elle. Et le mien me dit que cette cabane serait un super endroit pour cacher des messages secrets...

Alors, les enquêtrices se ruent à l'extérieur.

Après un quart d'heure de fouille minutieuse, elles découvrent dans la poche d'un uniforme de jardinier une enveloppe, ornée du logo Mod'Innov, adressée à une certaine Mme Ramier...

Encore mieux ! Dans la doublure décousue du col, les jeunes filles dénichent la lettre qui devait se trouver dans l'enveloppe.

Découvre le message secret
en découpant les deux pages suivantes !

– Mme Ramier..., murmure Violette. Qui ça peut bien être ?

– Ce nom ne me dit rien. Mais tu avais raison pour les autres candidats du concours, le coupable est sans doute l'un d'entre eux !

Les apprenties détectives décident de replacer le courrier où il était, pour ne pas éveiller les soupçons des comploteurs. En poussant la porte de la cabane, Violette trébuche sur un amas de journaux et Zoé la retient pour l'empêcher de tomber.

Mod'Innov

Madame Ramier,

Pour répondre à votre question, le gagnant a l'obligation de fonder sa propre marque dans l'année suivant l'obtention de ce prix. Il doit également organiser son premier défilé dans ce même laps de temps. En cas de non-respect de ces deux obligations, le gagnant devra rembourser la somme allouée, celle-ci étant alors transmise au concurrent arrivé en deuxième place lors de la proclamation des résultats.

Veuillez recevoir, Madame Ramier, nos sincères salutations.

– Ça va ? s'inquiète la judoka, devant l'air figé de son amie.

– Très bien ! s'exclame Violette avec un sourire. Ce tas de vieux papiers m'a rappelé quelque chose...

Entraînant Zoé par la main, elle fonce retrouver Judith. Une fois dans son bureau, elle désigne la robe « magazines » du doigt :

– Et si vous en faisiez une robe de mariée ? propose-t-elle, tout à trac.

La styliste secoue tristement la tête.

– Le problème, c'est qu'il me faudrait quand même un peu de tissu ou de tulle pour la transformer en robe de mariée, et celui qui a saccagé la première n'a rien laissé de récupérable.

– Et la robe de Fred ? insiste Violette. On pourrait peut-être s'en servir ?

– Je l'avais laissée dans mon bureau, mais elle a disparu cette nuit...

– Attendez une minute ! s'écrie Zoé, tout excitée. Tu as parlé de tulle ? Je crois que je sais où en trouver...

Ce détail t'a échappé ?
Reporte-toi à l'illustration de la page 44
pour trouver ce qu'a remarqué Zoé !

Judith saute littéralement de joie en découvrant le rouleau de tulle blanc dans la réserve !

Après deux heures de travail acharné, la robe de mariée « magazines » est achevée. Élégante et originale, elle se révèle encore plus surprenante que la précédente !

Avant de quitter l'atelier pour rejoindre *Le Havre de Gaïa*, les jeunes détectives vont jeter un coup d'œil dans la cabane. La lettre du concours a disparu. À la place, il y a un nouveau message codé...

R-13+9-10+1+21 V-7+6-2 À L'H+7+5-15+7.

– « Rendez-vous à l'hôtel », traduit Violette. Ils vont agir là-bas !

Elles se dépêchent de retrouver Judith qui les

conduit au *Havre*. Pendant le trajet, Zoé lui parle du courrier découvert dans la cabane. Malheureusement, la styliste ne connaît aucune Mme Ramier.

Ensuite, une fois parvenue à l'hôtel, Judith n'a plus une minute à leur consacrer, aidant les mannequins à s'habiller.

Profitant de ce que chacun est plongé dans son travail, Zoé et Violette entreprennent d'inspecter le toit-terrasse. Finette, leur assistante au flair infaillible, renifle chaque recoin. Près de l'une des banquettes, l'hermine se fige brusquement.

Par terre, à l'endroit désigné par Finette, Violette ramasse un petit carré de papier recouvert de terre !

**Utilise la carte à gratter
pour révéler ce que découvre Violette...**

On dirait que les comploteurs vont se retrouver...

Impatientes de les démasquer, Violette et Zoé s'éclipsent, direction l'ascenseur pour accéder au deuxième sous-sol.

Mais à peine ont-elles passé la porte 146 D que quelqu'un surgit derrière elles et les pousse en avant !

CHAPITRE 7

Prises au piège !

Zoé a beau tenter plusieurs prises de judo, elle n'atteint que le vide : l'inconnu a déjà refermé la porte sur les enquêtrices. Folle de rage, la jeune fille tente de toutes ses forces d'ouvrir le battant, sans succès.

– Il m'a eue par surprise, désolée...

– Tu n'y peux rien, la réconforte son amie. Cette personne savait qu'on allait déchiffrer le message, elle nous a piégées. Mais où est-ce qu'on est ?

À la lumière d'une veilleuse de sécurité, les apprenties stylistes comprennent qu'elles se trouvent dans un local de ménage. Dans la semi-obscurité se dessinent les silhouettes de balais, de seaux, de produits d'entretien, de chiffons... Et là, au sol, Violette repère une nouvelle chute de tissu !

– C'est peut-être tombé de sa poche quand tu t'es défendue, lâche-t-elle en récupérant le message collé contre le tissu.

Découvre le message secret en découpant les deux pages suivantes !

– Cette Mme Ramier a donc été embauchée ici comme technicienne de surface, conclut Violette. C'est un hasard, tu crois ?

– Non, c'est pour bousiller le défilé de Judith ! grogne Zoé, qui continue de s'acharner sur la poignée de la porte.

– Mais comment est-ce qu'elle aurait pu savoir que le défilé aurait lieu ici, alors que Judith a dû changer d'adresse il y a peu ?

Zoé ne répond pas. Elle recule de deux pas, une expression déterminée sur le visage.

le Havre de Gaïa
Chère Madame Ramier,
Nous avons le plaisir de vous
informer que votre candida-
ture en tant que technicienne
de surface au sein de notre
établissement a été acceptée.
Nous vous prions de bien
vouloir prendre contact avec
le service des ressources
humaines le plus rapidement
possible.
Bien à vous,
La Direction

– Qu'est-ce que tu fais ? s'étonne Violette.

– Je vais l'enfoncer !

– Non ! Tu pourrais te blesser ! Essayons de trouver une autre idée.

– OK, mais vite ! supplie Zoé. Je n'en peux plus de cette odeur !

Finette, qui galope partout à la recherche d'une issue, bouscule une bouteille. Violette approche le nez du bouchon : c'est la même odeur qui imprègne le cagibi. Elle frotte la poussière qui recouvre l'étiquette...

Utilise la carte à gratter
pour révéler ce que découvre Violette...

Pas étonnant que ça sente si fort ! Peut-être qu'en se débattant Zoé a accidentellement renversé l'une de ces bouteilles, qui s'est ouverte.

– Je vais essayer un truc que j'ai vu dans un film d'espions, décide soudain Violette.

Elle ouvre alors son sac et en sort une épingle à nourrice, dont elle se sert pour tenter de débloquer la serrure. Ça prend un certain temps, mais elle finit par réussir !

– Tu es la meilleure, Violette 007 ! la félicite Zoé.

Alors qu'elles remontent le couloir, les deux amies croisent une jeune femme vêtue d'une blouse au logo du *Havre*.

– Êtes-vous perdues ? leur demande-t-elle gentiment.

– On doit retourner sur le toit-terrasse, lui répond la judoka sans la détromper. On travaille avec la styliste Judith Bisson, pour son défilé.

– Venez, je dois monter aussi. Je vais vous accompagner jusqu'à l'ascenseur, leur propose l'employée.

Zoé l'observe en douce, avec la vague impression de l'avoir déjà vue quelque part… Mais où ?

La cabine monte lentement les étages. Perchée sur l'épaule de sa jeune maîtresse, Finette se contemple dans le miroir.

– Toujours à t'admirer, hein, ma jolie ? s'amuse Violette, en la caressant.

Dans le miroir, le nom inscrit sur le badge de l'employée apparaît fugitivement. On dirait qu'il commence par un F… L'air de rien, Violette sort son poudrier et fait mine de vérifier sa coiffure…

FRÉDÉRIQUE RAMIER

Frédérique comme... Fred ? D'ailleurs, leur « guide » diffuse une vague odeur de vinaigre... Le cerveau de Violette fonctionne à plein régime ! Si cette femme les a enfermées dans le local de ménage, elle ne va sans doute pas les laisser repartir aussi facilement !

Violette se force à respirer doucement, pour ne pas se trahir. Puis elle appuie sur un bouton, déclenchant l'arrêt de l'ascenseur et l'ouverture des portes. Médusée, la femme de ménage n'a pas le temps de réagir. Attrapant la main de Zoé, Violette l'entraîne hors de la cabine. Les jeunes filles gravissent l'escalier à vive allure.

– J'ai vu son nom dans le miroir, explique Violette, en montant les marches quatre à quatre. Elle s'appelle Frédérique Ramier !

– Ramier, comme la dame qui a écrit le courrier au jury de Mod'Innov ?

– Oui, et Frédérique comme Fred !

Ce n'est qu'une fois en sécurité sur le toit-terrasse que les deux amies s'autorisent quelques secondes pour reprendre leur souffle. Mais elles comprennent vite que quelque chose cloche... Isabelle est dans tous ses états : Judith s'est volatilisée ! Personne ne sait où elle est, et la styliste n'a pas jugé bon d'informer les autres de son départ.

Dans la pièce réservée aux habillages, Tom semble près d'exploser.

– Les invités arrivent ! Qu'est-ce qu'on va faire ? Quand on n'a pas les nerfs solides, on ne bosse pas dans la mode, enfin !

Zoé secoue la tête. Elle doute que ce soit le stress qui ait causé l'absence de Judith.

Pensant à un nouveau coup des comploteurs, la judoka déverse sa rage sur un chariot de ménage qui traînait là.

Sous un coup de pied bien senti, le chariot se renverse, laissant échapper un petit morceau de papier...

0-12+0+18-5-11 T-5-6 D+1+14 D+1+16+3
F+9+6-12+5-9+16-2-14+14 !

– « Occupe-toi des deux fouineuses », murmure Violette.

– Quelqu'un a demandé à Fred de se débarrasser de nous, commente Zoé, c'est pour ça qu'elle nous a enfermées. Attends ! ce chariot me rappelle quelque chose... Mais oui, je sais où j'ai vu la fille de tout à l'heure ! C'est elle qui fait le ménage à l'atelier, elle était rousse mais elle a dû mettre une perruque... Tu te souviens quand j'ai percuté son chariot, l'autre soir ? (Violette acquiesce.) La liste de matériel devait être posée dessus quand elle est tombée par terre...

Les pièces du puzzle s'assemblent peu à peu. Il reste cependant deux questions en suspens : qui est le ou la complice de Fred ? Et surtout, où se trouve Judith ?

CHAPITRE 8

Le Grand Final

En redressant le chariot de ménage, Zoé déniche un second message sous l'un des seaux.

B+7-4+9+6-5+5 L'H-3+16-3-13
D+1 L-11 D+11+6-18+5-3.

– « Bientôt l'heure de la douche », déchiffre Violette, surprise. Plutôt bizarre, comme message !

– Le plus urgent, pour le moment, c'est de trouver Judith ! élude Zoé.

La judoka observe Tom qui n'arrête pas de

mitrailler les mannequins avec son appareil photo. Ça lui donne une idée...

– Tom, s'il vous plaît, dit-elle en s'approchant du photographe. On pourrait regarder vos derniers clichés ?

Tom la dévisage avec agacement.

– Depuis quand tu es devenue une experte de la photo, toi ?

– Oh non ! je veux juste vérifier quelque chose à propos de Judith.

– OK, je vous accorde une minute. En échange, vous me prêterez cette merveille pendant le défilé, ajoute-t-il en désignant l'hermine.

– Finette ? s'étonne Violette, méfiante. Pour quoi faire ?

– Je veux qu'elle devienne la mascotte de cette collection ! Pour lancer un message fort aux professionnels du milieu et au public : les animaux sont bien plus intéressants vivants, cessons de les transformer en manteaux de fourrure !

Ne pouvant qu'approuver cette opinion, les jeunes

filles acceptent, avant de faire défiler les photos. Sur l'une d'elles, en arrière-plan, on distingue Judith qui suit Monica vers l'escalier desservant les étages.

Zoé rend l'appareil à Tom et les enquêtrices se lancent sur les traces de la styliste. En chemin, elles aperçoivent son foulard au sol.

– Elle l'a peut-être perdu en essayant de se défendre, imagine Zoé. Regarde, il y a aussi une de ces fameuses chutes de papier ! On est sur la bonne piste !

Découvre le message secret en découpant les deux pages suivantes !

La judoka fourre le plan dans sa poche après avoir essayé de le mémoriser, puis dévale l'escalier en compagnie de Violette. Les jeunes détectives se retrouvent bien vite dans un couloir, devant les cuisines du restaurant de l'hôtel. Zoé regarde à l'intérieur par l'ouverture du passe-plat : aucun signe de Judith, jusqu'à ce que Violette repère une porte

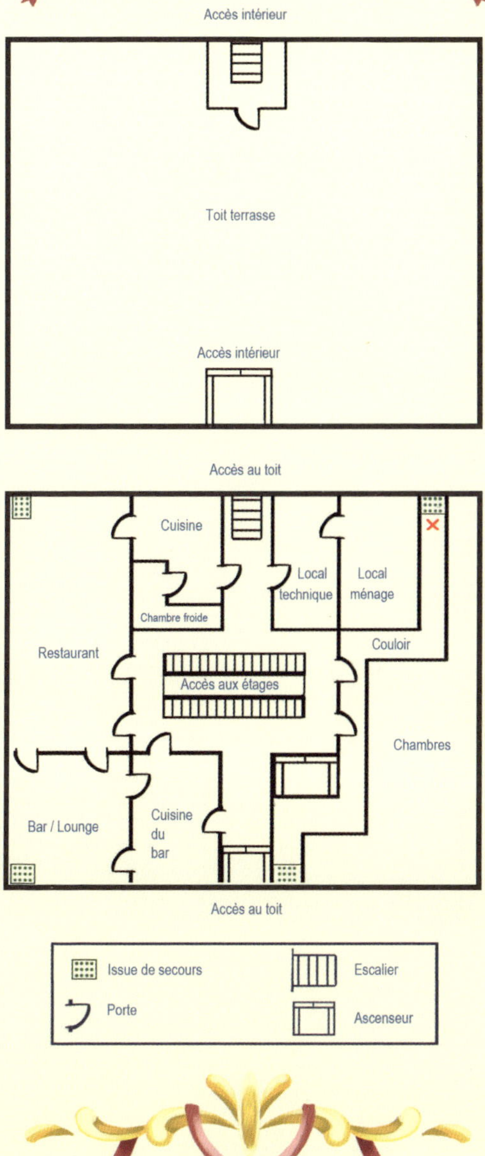
Accès intérieur
Toit terrasse
Accès intérieur
Accès au toit
Cuisine
Chambre froide
Local technique
Local ménage
Couloir
Restaurant
Accès aux étages
Chambres
Bar / Lounge
Cuisine du bar
Accès au toit
Issue de secours
Escalier
Porte
Ascenseur

au fond des cuisines, et un gribouillis rouge sur la vitre du haut. On dirait une chambre froide... Bingo ! Il y a bien un message écrit à l'envers dessus.

AU SECOURS !

Judith doit être coincée dedans ! Vite ! les deux amies se dépêchent de la délivrer.

– M-merci, les f-filles ! hoquette la styliste, qui grelotte de froid. Monica... c-c'est Monica P-petit q-qui veut gâcher m-mon défilé !

Judith paraît sous le choc. Monica a toujours été si gentille, si dévouée !

De son côté, Violette est moins étonnée. Elle n'a pas oublié que c'est la première main qui a suggéré *Le Havre de Gaïa* à Isabelle comme lieu du défilé. Sûrement parce que sa complice, Frédérique Ramier, y travaillait !

D'ailleurs, c'est probablement Monica qui, à l'insu de tous, a cousu la robe de mariée en soie bio dessinée par Fred qu'elles ont trouvée dans la réserve. Et puis, à leur première rencontre, Monica n'avait-elle pas confié ne pas avoir de téléphone portable ? Cela expliquerait la nécessité des messages papier !

Toutes les pièces du puzzle s'emboîtant parfaitement, la jeune fille fait part de ses déductions à Judith.

– Quel peut être le lien entre Monica et cette Frédérique ? s'étonne la styliste.

– Ça, on ne sait pas, admet Violette. Mais on pense que Fred est arrivée deuxième au concours Mod'Innov.

– Je n'ai que peu de souvenirs de cette concurrente, réfléchit Judith, à part peut-être qu'elle était brune...

Violette sort la photo trouvée dans le bureau de la styliste, celle prise à la remise du prix. La jeune femme au regard meurtrier a effectivement les cheveux foncés, alors que la technicienne de surface arborait une chevelure rousse à l'atelier, puis, à l'hôtel, un beau blond doré...

– Elle porte une perruque ou elle a teint ses cheveux, fait remarquer Zoé. Et elle a mis des lunettes pour éviter qu'on la reconnaisse. En tout cas, c'est bien la même personne, regardez : elle a le même grain de beauté au-dessus de la bouche !

Ce détail t'a échappé ?
Reporte-toi aux illustrations des pages 52 et 71
pour vérifier l'observation de Zoé.

Violette examine le plan que Zoé a ramassé. Elle remarque alors qu'une croix a été tracée dans un coin, juste à l'emplacement d'une sortie de secours.

– C'est peut-être par là qu'elle compte s'enfuir, après avoir réussi son mauvais coup...

– En tout cas, ça signifie qu'elle est dans les parages, relève Zoé.

– Retournez vous mettre à l'abri sur le toit, décide Judith. Ça devient trop dangereux, je vais prévenir la sécurité.

CARTE À GRATTER

EAU

Tandis que la styliste s'éloigne, les deux amies échangent un regard entendu. Pas question de laisser le temps à Monica de mettre à exécution son plan !

Malheureusement, il n'y a rien autour d'elles pouvant indiquer où la première main est allée. Violette encourage alors Finette à renifler le sol. Après avoir senti chaque recoin, l'hermine s'arrête devant un élément de tuyauterie, recouvert d'une fine couche de poussière.

**Utilise la carte à gratter
pour révéler ce que découvre Violette…**

– Tu te souviens du message évoquant la douche ? interroge Violette.

– Oui, suivons ce tuyau ! s'écrie Zoé.

Le tuyau en question amène les enquêtrices à retraverser la cuisine puis le couloir, et à se heurter à la porte d'un local technique. Poussant le battant, elles tombent sur Monica !

Celle-ci essaie d'atteindre une vanne à volant, située un peu plus haut… Violette devine ce que la couturière a en tête : ses parents ont le même type de robinet dans leur jardin. Elle repense au potager sur le toit-terrasse, qu'il faut arroser tous les jours… mais surtout aux créations écologiques de Judith, dont la robe de mariée « magazines ».

– Le système d'arrosage du toit ! chuchote Violette. Si elle le déclenche, le défilé est fichu !

Zoé réagit au quart de tour ! Bondissant et criant

tout à la fois, la judoka pousse violemment Monica qui tombe par terre... heureusement, bien avant d'avoir atteint la vanne !

La première main est encore un peu sonnée au moment où Judith débarque, alertée par les cris, accompagnée d'une escouade d'agents de sécurité. La styliste n'en a cure, et exige des explications.

– Vous avez gâché la carrière de ma fille ! crache Monica, blême de rage.

Violette et Zoé l'interrogent à leur tour. Elles comprennent que sa fille, Frédérique Ramier, ne porte pas le même nom que sa mère suite au divorce de ses parents. Voilà pourquoi elles n'ont pas pu faire la connexion plus tôt !

Le défilé débute avec une petite demi-heure de retard, mais aucun des invités n'en tient rigueur à Judith. Ils sont tous bien trop éblouis par ses créations pleines d'imagination ! Même Mme Pestelvitch paraît conquise !

Au moment de présenter la robe de mariée,

Judith invite Violette et Zoé à venir la rejoindre sur l'estrade...

– Vous allez maintenant découvrir un modèle que je n'aurais jamais pu terminer sans mes deux anges gardiennes ici présentes, déclare la styliste dans son micro. Voici donc la robe « Violette et Zoé » !

Touchées, les deux amies saluent timidement le public, avant de se jeter dans les bras de Judith. Arrive alors la mannequin vedette, arborant la magnifique robe de mariage « magazines »... et une Finette paresseusement enroulée autour des épaules, comme un châle.

– Parce que les animaux sont bien plus intéressants vivants, cessons de les transformer en manteaux de fourrure ! crie soudain Tom.

Violette et Zoé éclatent de rire, bientôt suivies par un public enchanté !

Quant à Finette, ravie, elle trône telle une star sur l'épaule de la mannequin vedette...

L'AS-TU VUE ?

Il n'y a pas d'étoile plus brillante que Finette, sur ce podium ! Coquette, notre malicieuse hermine s'est glissée dans de nombreuses illustrations ! L'as-tu remarquée ?

Combien de fois apparaît-elle dans l'histoire, en dehors des pages secrètes ?

Réponse : Elle apparaît 5 fois.

MESSAGES À LIRE AVEC UN MIROIR

p. 8 : Pour Violette et Zoé, j'arrive tout de suite !

p. 18 : Coucou les filles, j'arrive ! En attendant, ouvrez donc les cartons ☺

p. 29 : Rejoignez-moi chez le fleuriste du coin de la rue !

p. 42 : Je suis partie chercher le reste du matériel. Je reviens vite !

p. 50 : Surprise ! Pour une fois, je suis là ☺

p. 59 : C'est la catastrophe !

p. 72 : Frédérique Ramier

p. 80 : Au secours !

MESSAGES SECRETS À RÉVÉLER

p. I : Matériaux pour la robe de mariée :

- Dentelle de Chantilly faite main, datant de 1910 et récupérée dans un ancien atelier de fabrication
- Perles constituées de plastique recyclé
- Lin bio provenant de la région parisienne
- Morceaux de satin issus d'anciennes robes
- 350 capsules de café usagées, couleur argent

p. II : Matériel pour le défilé :
- Lustres de stylos-billes usagés : Annabella Lou
- Plaids en patchwork formés à partir de vieux plaids usés : Cabane du vieux Albert
- Banquettes fabriquées avec des palettes + Fauteuils conçus dans de vieux barils : Mobilier Écolo & Déco
- Compositions en bois flotté, fleuriste du coin de la rue

Contacter les créateurs.

p. III : Après avoir longtemps hésité, le jury du concours « Mod'Innov » a finalement décerné le premier prix à la jeune styliste Judith Bisson. Ses créations originales et ingénieuses ont fait mouche, comme sa robe constituée de cuillères en plastique. Le prix de 30 000 euros va lui permettre de lancer sa marque.

p. IV : Personne n'en veut à Judith Bisson ! La soi-disant styliste a elle-même répandu cette scandaleuse rumeur DANS UN SEUL BUT : qu'on parle d'elle. Jusqu'où sa soif de célébrité va-t-elle la mener ? Jusqu'à saboter son propre défilé ? Au fond, c'est logique : il faut bien compenser le manque de talent...

p. V : Chère Judith Bisson,
Ayant entendu parler de vos créations, je vous invite à venir me rencontrer ce soir, à 21 heures, à l'Hôtel du Grillon dans lequel je séjourne actuellement. Nous discuterons de votre travail, et d'une éventuelle publication au sein de mon magazine.

Anna Vautour
Rédactrice en chef de « Mode & Glamour »

p. VI : Madame Ramier,
Pour répondre à votre question, le gagnant a l'obligation de fonder sa propre marque dans l'année suivant l'obtention de ce prix. Il doit également organiser son premier défilé dans ce même laps de temps. En cas de non-respect de ces deux obligations, le gagnant devra rembourser la somme allouée, celle-ci étant alors transmise au concurrent arrivé en deuxième place lors de la proclamation des résultats.
Veuillez recevoir, Madame Ramier, nos sincères salutations.

p. VII : Chère Madame Ramier,
Nous avons le plaisir de vous informer que votre candidature en tant que technicienne de surface au sein de notre établissement a été acceptée. Nous vous prions de bien vouloir prendre contact avec le service des ressources humaines le plus rapidement possible.
Bien à vous,
La Direction

p. VIII :

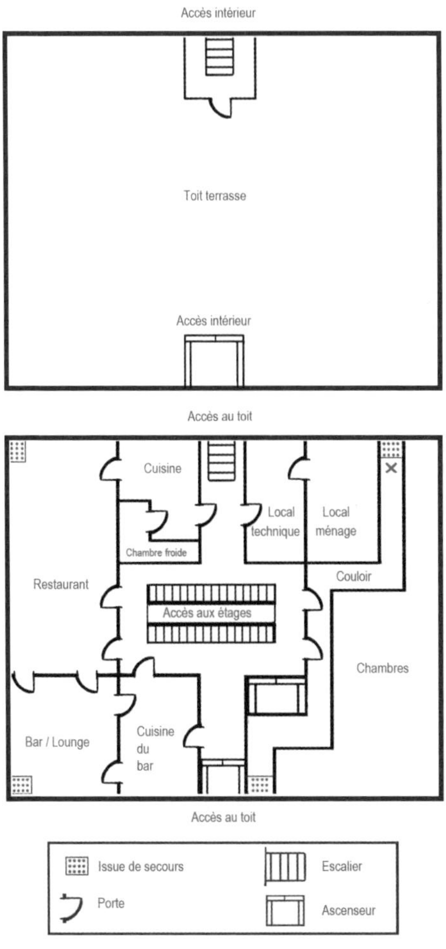

MESSAGES CODÉS À DÉCHIFFRER

p. 14 : Le jour J arrive. Il faut agir !

p. 21 : Jette-les dans la Seine.

p. 32 : Ai perdu la liste. On passe au plan B.

p. 40 : Elle n'a aucune chance de réussir !

p. 56 : Le défilé va quand même avoir lieu. Qu'est-ce qu'on fait ?

p. 65 : Rendez-vous à l'hôtel.

p. 74 : Occupe-toi des deux fouineuses !

p. 77 : Bientôt l'heure de la douche.

INDICATIONS CACHÉES SUR LES CARTES À GRATTER

p. 12 : Dent., 7 h pile

p. 25 : Fred

p. 36 : 1922

p. 45 : 100 % soie bio

p. 51 : 30 000 €

p. 66 : 2e sous-sol, porte 146 D

p. 70 : Vinaigre ménager

p. 83 : EAU

MIXTE
Papier issu de sources responsables
FSC® C104723

Dépôt légal : février 2021
Achevé d'imprimer en juin 2022 en Chine.
N° d'édition : J22324-02
Ce produit est composé de matériaux issus de forêts bien gérées,
certifiées FSC® et d'autres sources contrôlées.

Dans la collection

MÈNE TON ENQUÊTE